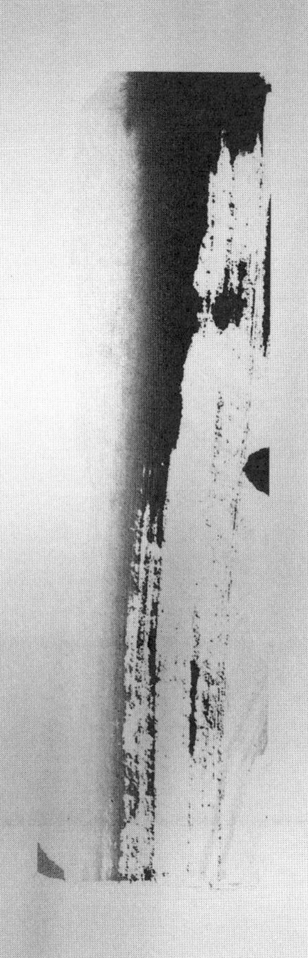

陳育虹◎著

河流進你深層靜脈

獻給父親、母親及Stanley

自序

……心識流動。猶如水流。陽焰曄曄不住。
既見此識時。唯是不內不外。緩緩如如。穩看看熟。
則返覆銷融。虛凝湛住。其此流動之識。颯然自滅。
……此識滅已。其心即虛。凝寂淡泊。皎潔泰然……

五祖弘忍《最上乘論》

或說，既然如此，更又寫些什麼？一切無所從來，亦應無所從去。

但我權且認它作我識流中的礫石。當我濯足急流，裸裎的足心便無可閃躲這一礫一石細微或堅銳的碰觸。我接受它，並感受它。

它會日益圓潤，或日益銷融。這就是了。

陳育虹

4/9/2002

目錄

卷中：如果月亮剛好經過

目錄

卷首　你眼睛有一枚蝶

河流進你深層靜脈

河
流進你深層靜脈
微細，沒有間歇
絕對的主流
你是倒影
漂浮，零重量

……

你搜尋一個字、詞
適當的韻尾
他無所謂
他不等候，側著臉

大狐步走了

⋯⋯

他又回頭
蒸發的必再凝聚
你沒聽說過引力或
輪迴嗎

⋯⋯

比如一列火車
看不清起點終點，且
過站不停

⋯⋯

直行是不行的

火車、河流及你的記憶
這樣告訴你

……

你彷彿聽見無數支流、伏流
每一流岸都嚷著
自己的季節
你知道其實只有一條
不確定的河
甚至，不成其河

……

那麼，倒影又
怎麼說？
他只冷冷瞅著你
你怎能信賴
水

……

有時你左腦滑落
水底
右腦卻掙脫水面，俯瞰
月
留下的象形文字

……

開始下雨
你估量著：兩點四十一分
夜愈漲愈滿

……

沒有分界
沒有上下左右沒有前後

只是環繞、渦漩
一圈兩圈三圈……

……

腳下是沖積平原
蒼白、單薄、非固態
他說不要怕
你也是沖積平原
也會流失

……

你寧願停滯在兩河
之間，似乎是
斷層之間
生死之間的
安全地帶，即便虛妄

⋯⋯
像一道裂縫
所謂有瑕疵的完美
你無法想像永恆
他說永恆
與孤寂是綿綿長河
微細，沒有間歇
絕對的主流

⋯⋯
就這樣
你順著那條失眠的河
移向
夜，無伴奏的
最低音

梨與孤獨

你凝視孤獨
如凝視一只對剖的梨
青澀皮膚下
明透，均勻，坦坦的初心
幾顆種子
黑色的
埋伏，裸眼回望

你播種孤獨
灌溉它摘取它
掂量它切割它凝視它
咀嚼它
那滋味，你再用另一個

你眼睛有一枚蝶

然後你眼睛就告別
艾略特的荒原
或人間詞話
你眼睛更想跟蹤一枚蝶
忽起
　　忽落
……停歇
更想接近一枚蝶
紋白色的歡愉
或說：純然的動，靜
似乎不費力氣
飛、舞、飛、舞

凝定　久久
審視一株相思的思路
或龍膽草的膽識
或泥地上不知什麼——
花粉嘛？
哪兒吹來的？

然後你想金字塔
或萬里長城其實真的
無所謂，今天明天
錯過不錯過
生與死，孤單不孤單
甚至詩或不詩
都無所謂
你眼睛有一枚蝶
飛來，又飛去

山雀

那隻山雀匆匆飛來
在落地窗框住的
一方時空
在我眼睛的欲望中
出現
我知道櫻子已經成熟
而蝴蝶正要甦醒

山雀的歡愉這麼單純
陽光、食物和草地
我試著不去思索
死亡及其他，遙遠的憂鬱
那些真的遙遠嗎？

端午

有雨
他彷彿踱步屋外
腳下的磚塊苔痕斑斑
紅瓦，葛藤，芭蕉，絳紫玫瑰
整片竹林綠著端午的綠
屋簷下風鈴晃動，沒有聲音
衣服在竿上飄，雨在衣服上飄
沒有人收衣服
一道光穿過垂懸的窗帘，是幾點呢
鐘，沒有鐘，沒有聲音
半透明的茶壺，觀音在壺裡呼吸
那對青花捻文杯，杯呢？
宣紙，硯，松香墨，乾了

收音機開著，沒有聲音
右牆一幀四君子浮在泛黃的水印裡
一把摺扇，傾放著
衣服在竿上飄
爐上煨著一盅什麼，餘火漸弱
要續炭嗎
貓，凝眼前望，雕塑一般
深陷的躺椅，椅面草蓆薄而光滑
一列黑蟻行進其上，沒有聲音
雨在衣服上飄
水罈幾片荷葉綠著端午的綠
有風
門輕微晃動，有誰剛經過嗎？
沒有聲音
沒有人收衣服
他彷彿在屋外，他的衣服沒有濕意
或許他在屋裡

……

永遠有一些話說
不清
像梅雨，吞吞吐吐
滴滴答答……

……
如果我借用隱喻
其中的懸宕，不確定性
我的心虛
眼前是怎樣銳如玻璃的
未知，我們唯一的
知，你懂嗎……
……
你以為看得徹底

以為可以粉碎
但是，玻璃，你試試
厚如時間的玻璃
誤導，屏住氣等你
一隻魯鈍的痲雀，撞上去
……
而永遠梅雨隔著窗
玻璃，隔著時間
（透明，凝重，封閉的）
落，不停……
……

清晨的慢板

幾株山櫻在清晨
在拉赫曼尼諾夫E小調
慢板中
循序
開花，開花

花開向每一個音符
彷彿久已熟悉這樣的樂聲
彷彿山櫻
為這樣的溫柔，而
來

而舞

而纏纏綿綿的紅，而最後
為每一個音符
捺下一瓣，又一瓣
靦腆的指紋

彷彿這樣
歡晤得以印記
直到再一次輪迴，這樣
清晨的慢板
得以延續，又延續

記憶的

海
在夜晚漲潮
打濕了一哩
夢

天牛

從一盆迷迭香背後出現
他橫越呎寬的紅磚道
一步步往草場行去
一身褐黑短打
他該是有備而來，也似乎
他知道自己的方向
與目的，書上說
他的觸角十分敏銳

但他似乎又不急著趕路
在一株細瘦的狼尾邊停頓
繞著圈繞著圈，打量
一具可疑的翅類遺體或枯葉

他走開，停頓
聞一聞剛冒嫩芽的羊齒蕨
走開，再停頓
攀上姑婆芋怒張的手掌
他似乎不急，也許
路還遠

我不禁想到尤里西斯
想到成吉思汗十字軍東征
但他形隻影拙或許
更像老聃？唐吉訶德？
他為什麼翻山越嶺
叢林裡有沒有他難以測度的
災厄，是什麼促使他
離開迷迭香的家
他一步步，去哪兒呢？

我其實不確知他最後

隱沒的地方
一群山雀在杜鵑花下吵嘴
是為了他嗎？
是為了決定他是誰的
晚餐嗎？
他有沒有機會申辯他的
權力，活著
有沒有試著逃遁
有沒有掙扎，恐懼，落淚

或者他還在某個角落
徜徉，漫遊
體驗生之為生
的歡喜
不在意歸宿何處
或者他遇見相契的伙伴
成家立業
繁衍終養

在異鄉圓一個夢
也可能，可能——
（唉，我又禁不住胡想了）
他學著老和尚
虛雲
雲居十方，捨家辦道
以至無尋無伺
一柱香
緩緩燃了百千劫

花季

（一）

我說那大約是艘幽靈船
起初綽綽影影
一忽而鮮明
一忽而又消失

也不盡然消失
是匿跡或易容或暫隱可能
類似宿因
靜候任何觸機
類似潛意識
在某個破曉又現身

就像此刻又現身
但你不信所謂幽靈之船
只說是春天
忍不住的緋聞云云

（二）

是怎麼約定的？
彷彿一擊掌
全都來了
沒有誰遲到、落單

喧嘩一陣就這樣
耳邊呼嘯而過
美麗的
連揮霍也可以原諒

也美
連死亡也美
一地的驚豔

也或許並無有
死亡，每一花沉睡
一葉便清醒
如此
往返，任性
如此示現
如此　好

所以也無有約定
彷彿一眨眼
全都走了
沒有誰遲疑、落後

地心

往內走三十公里你就觸及
核心
高熱攝氏七千度與乎
金銀銅鐵岩漿等等

你鞋底所在
四十六度零下的酷寒
是外殼
一層冰結的沙壤，水

我無法說清這樣的
地質溫差懸殊，無法解釋

然則，若使再次毀劫
你或能探知一二

定

那白色蝶蘭
像活在某個不動的
時空
櫻花來了又去
杜鵑呼喚著、呼喚著
而他含胸靜立

他正在定中嗎
或者，看意念翩飛
翩飛像白色蝶兒，數不清
抓不住
他不移神
杜鵑來了又去

現在連蝶兒也去了
一隻蜘蛛踮著腳
停在他肩胛
是要搖醒他嗎，或者
就著月光
為他織一件袈裟

蟬嘶

另一種六月雨
倏忽傾盆而至倏忽
停歇，靜止

另一種蔭影
厚，密，鋪天蓋地
卻說不清形跡

另一種酒
飽和，持重，藏不住
亟待奔流的激情

另一種頻率

穿越第四維度
傳給某個透明的耳朵

另一種詩
寫在六月潮溽的心
又倏忽蒸發

沫

浮
動
上昇
突破

突破

最後
一層
隔
膜

櫻花就是這樣

春，粉嫩的
正在冰釋
⋯⋯

那知更
被色彩驚醒，不停
撲動，把櫻花
搧得更紅了
⋯⋯
冷靜的火

燃燒，無有餘燼
櫻花就是這樣
春也是

……

春深居山裡
有人得見
有人問：在哪兒？

……

在春天你讀雨
雨是史詩
一行行綿綿亙古時緩時驟
雨歇了
休止三分之一拍
野渡無人，你說發生的

確曾發生過嗎？

……

你說春是欲望
是騷動是迷失是繁殖
是唯我、唯美
是眾神
又一次輪迴

……

花欲望盛開
雪欲望融化
河欲望奔騰
蜂蝶欲望酣舞
男孩女孩欲望袒露
結實的身子

……

其實一切發生的都
未發生
雨從沒說過什麼，寂靜
是最高音

……

因為花
春凌越死亡

……

你在櫻花中睡去，你不怕
沒有地獄天堂
只有花

花落，或者花開

……

然後山霧起了
路漸漸消失
同時消失的是櫻花，
無陰影無折射無回響無間距
無虛實
透明
無性
同時消失的，是你

……

所以
對於春在昨晚遠行
你只覺輕微

它飛來

它飛來
選定我的左肘彎
停下
我直直站立不想稍動聲色

我不動聲色
審度它黑白相疊的紋飾
它為什麼選擇我
因為這沉靜的姿態
因為這一身素衣，或者
因為我似乎佔有陽光臨照的
唯一角落
我們的城市仍在深睡

我稍微移步
它仍然停在肘彎
鱗翅起伏如鼻翼
這是一瞬的神入還是恆久的
憩息？
醒來時，它甚至不知道
我的凝視罷
肘彎上的小小法身

我沒有通過探試
它發現
我只是偽裝的礁石
再次佇立不動我想留住它的
夢，它已經飛去
飛去

關係

告訴我麻雀與樹葉的
關係
是葉因雀而心動
是雀因葉而作聲
是雀聲如葉葉動如雀
雀聲為葉葉動為雀
或者根本就是
雀是葉葉是雀

而樹是一切

告訴我麻雀與樹葉的
關係

鐘聲會再響嗎

鐘聲會再響嗎
渡船會再來嗎
火車，火車會再經過嗎
這樣一個濱湖小城
白色的櫻花開了滿樹
六月，說是六月
多汁的櫻子將會甜透
我們會再來嗎

時間一直在窗外等候
不動
而風繼續吹繼續繼續吹走
細嫩的花一瓣瓣的花

六月會來
六月會來
鐘聲會再響嗎
我們會再來嗎

睡，記憶之堅持

你酣睡
如一艘擱淺的船
海岸荒涼
幾根纖細的支架
支撐你流沙般的夢
遠地，歲月掩映的城堡
沒有鐘聲傳出
是不是因為
夢，遮住你的耳膜
用深垂的灰綢子

幸好這季節無風
你的夢

（細細支架撐牢）
沉重，卻漂浮
你的夢大於
你，大於時空

而小於記憶？

不是嗎
當時間融化成
薄薄的乳酪
任憑螞蟻群集享用
當古老的橄欖樹
只剩下十公分的肢體
（多麼乾澀的空間）
你的記憶仍然
堅持

不信，怎麼

山水是一色的山水
狗，在原處打盹
（它也有它的夢）
只是那墨漬，到底是
到底是誰的背影
像是一些解釋不清的謎
有意無意間
僵峙著，不去面對

如此你的夢
（虛虛實實的記憶）
便是你的記憶了？
（真真幻幻的夢）
當你的鬢腳觸及
夢鬆軟的枕頭
你的腳尖已泥陷記憶
熟悉的被褶

如此，酣睡如船
你擱淺
在夢的流沙

——記西班牙超現實畫派（Surrealism）畫家達利（Salvador Dali, 1904-1989）畫作「睡」（Sleep, 1937, Oil on Canvas, 51.1x78.1cm）及「記憶之堅持」（The Persistence of Memory, 1931, Oil on Canvas, 24.1x33cm）。

你以為你懂得這山

你以為你懂得這山
一側有湖，另一側的棧道藏在
草叢，細緻而友善
你怎麼可能迷路

背包裡帶著太陽眼鏡
蘋果、水、駕照
（這是你的身分
否則你無法證明你，是你）
蘇打餅乾、房門鎖
（你多麼擔心有人
進去你的房間，多麼擔心
你進不去你的房間）

雨帽、信用卡，以及少許零錢
這有些多餘你知道
你如何向紅檜買一杯咖啡

你怎麼可能迷路
（你叫得出每一種
　蕨類的名字）
順著半步寬的山路左轉
左轉再左轉
只要認定一個方向，你就
不會走失
（或者，是誰說的
　只要聽從藍尾鵲的勸告）
你怎麼可能迷路
湖還在遠遠的左側

但你忘了那棧道被草叢
剝食

消化的故事
你以為你懂得這山

羽

（一）

比棉紗比雪比煙燼
更輕
（比記憶更輕的）
雁羽
比笛音比梅花暗香
比嬰兒的笑
更輕
比魂魄更輕

雁羽

比我的詩
更輕

（二）

他在你耳邊說了些什麼？
善與惡與美
造化與真理與救贖
他有沒有提及抉擇與
自由
他有沒有提及　昇華

（每一羽類
都該記得飛翔
都該記得風與天空
都該記得　輕
聖芳濟有沒有這麼說？）

（三）

所以飛吧，野雁
用你僅存的一片羽
（比記憶更輕）
飛越時間與空間
（比魂魄更輕）
飛成淡淡寫在雲端寫在
水面的浮影
（比詩更輕）

那是你
與我
我們最初的航行

——給亞君。

一朵花開了

一朵花開了
因為應許
因為記憶

花開了
如 Aphrodite 初醒
但花只是矜持
孩子們有其他遊戲

花只是奢侈
孩子們沒有多餘的
靈魂
夢

而花的禱詞
（粉一般無聲的）
也虛擲
在狼尾草的冷齒

一朵花落了
因為雨
因為背棄

撿

我問他
正在撿什麼
小男孩緊跟隨我
像靦腆的初月
眼神卻海一般嘩嘩湧來
我需要許多
許多石塊蓋城堡
你呢你是不是撿貝殼
女孩只知道貝殼

我打開手絹
海鷗蒼鷺野雁及烏鴉
迎風欲飛

我不撿貝殼
（雖然我以前常撿）
我也不再撿石塊
（城堡一如堂皇的歷史
　注定變成廢墟）
我只撿最輕最柔軟的
（孩子，和你的心一樣的）
羽毛
我收集　輕

小男孩拈起一支
溜亮的
翎
這看來多像你頭髮
令箭般那影像直射我瞳孔
我是
我是

一隻沉重的鴉
盤伺蒐掠是我黎黑的習性
我永遠饑渴永遠不停
收集
而我說我
收集　輕

要我幫你
提這桶石塊嗎，孩子
或者我們少拿一些
我們不該負擔
過重
這不重
我已經是大男人我拿得動
孩子孩子我懂
你是一個最勇敢的天使
我目送天使愈行愈遠

整個早晨她嘗試

整個早晨她嘗試
進入一隻蝶的過去
曾經他是雲是風
曾經他是天使

是花是葉或是響屧廊上
那名女子
錚錚錝錝的樂曲
在記憶間閃動
飛舞，不能停止

整個早晨
她不能停止飛入一隻蝶

只是一株細瘦的山櫻

只是一株細瘦的山櫻就把整個後院
佔滿了整個窗佔滿了
（細瘦的山櫻有細瘦的枝枒
　細瘦的蕊）
只是一株山櫻就把整個天空佔滿了
整個山佔滿了
（細瘦的山櫻開了千百朵花
　一簇簇緋紅的花啊）
一株山櫻就把整個早晨佔滿了整個
春天佔滿了
（細瘦的山櫻與蝶兒蜂兒
　歡愛細瘦的歡愛）
只是一株山櫻就把整個眼睛佔滿了

整個人佔滿了
（細瘦的山櫻有細瘦的靈魂
細瘦的呼吸）
只是一株細瘦的山櫻就把整個宇宙
佔滿了整個心佔滿了
（一株細瘦的山櫻以及山櫻
細瘦的死
就把整個後院佔滿了）

暖房

瓜藤般
攀上天窗，並且
在子時結實

月色如此
每晚如此
餵養我的蝴蝶蘭
我的
夢

白色蝴蝶蘭

你聽見它墜下
乾澀的摩挲聲更像
一張紙，搓皺了扔棄
你拾起來，閱讀
紙面字跡已不可辨識

美麗已不可辨識
豐腴的花瓣沒有染著
嫩黃的心甚至不曾一隻蝶
吻
它也感覺些微失落嗎

而怎麼一生就過了

在離莖的剎那
細弱的摩挲聲更像一字
偈，乾淨的
寫在夕陽的窗前

月、月、月

明月如鏡
你在鏡中
出現、重疊、消失

……

每一個夜
每一個不一樣的月
你忘了出世那刻，你的
月在第幾宮

……

是液狀吧
像松脂，在體內循流
也許就是松脂
溢出，然後冷了凝了

……

那是熔岩，你終於默認
火與冰的偶合
因記憶而沉重
因遺忘而輕盈
在記憶與遺忘間懸浮

……

事實是
你只認識一張面具
你永遠看不見他的五官

死亡
戴著同樣的面具

……

你用交感神經與他對話
每一剎的圓滿
每一剎的圓滿他說
你說帶我走吧像帶走我的影子
我已經準備好

……

回溯千年以前
你遇見同一個、不一樣的
月
你是同一個
不一樣的你，你是

非存在

……

沒有蟲聲沒有心跳
沒有風
純粹而古老的凝望
帶我走吧你說像帶走我的
影子

……

千年以後你看著
同一個月
不一樣的月
同一個你不一樣的你
你是　非非存在

……

你以千手千眼召喚
也留不住
那月
流動的月靜止的月
盛開的月凋零的月
裸露的月隱匿的月
月、月、月

……

寂寞是一方天塹
你向我走來
而我必須告訴你
拾級而上
可能觸發更深的墜落

……

塵光已在指縫
天明時所有的夢都將曝白
你問什麼是最好的
定影劑

……

那是你幽冥中的識
如如懸浮
在記憶與遺忘間
非非存在非存在的種種
存在，看清他

……

看清他

你消失、出現、重疊
明月如鏡，你仍在
鏡中

卷中　如果月亮剛好經過

除非洞穿如此的實情

——雲門焚松

一／頑石

是頑石也罷我的愛染
一一鋪陳在你座下
我還能辯白什麼

除非洞穿如此的實情
頑石是我擊石之人是我
擲石者是我受石之人是我

除非
我

洞穿如此的實情

二／肉身

是肉身也罷我的道場
俯仰盡是熊熊火紅
我到底期待什麼

除非洞穿如此的實情
肉身是我幻身之人是我
抽身者是我安身之人是我

除非
我
洞穿如此的實情

三／幡幔

是幡幔也罷我的靈識
尋索一條攀升的路
我可否祈求什麼

除非洞穿如此的實情
幡幔是我執幔之人是我
舞幔者是我觀幔之人是我

除非
我
洞穿如此的實情

四／唐卡

我還能辯白什麼

我的愛染一一鋪陳在你座下
我的道場俯仰盡是熊熊火紅

我到底期待什麼
我的道場俯仰盡是熊熊火紅
我的靈識尋索一條攀升的路

我可否祈求什麼
我的靈識尋索一條攀升的路
我的愛染一一鋪陳在你座下

五／松煙

除非
洞穿如此的實情
我

如果……愛……危樓

如果我們的愛疊架在一棟
危樓裡
如果連年梅雨留下整片
泛黃的歷史壁畫
如果白蟻延著柱角五世其昌
而蚊蠅繞樑三尺
如果門窗失鎖，推銷員
街貓及好奇的鄰人隨意出入
如果水槽堵塞
電燈電腦永遠短路
如果夏天酷暑冬季嚴寒
熱帶魚慌得跳離玻璃缸而
屋頂撐不住兩吋積雪

如果眠床失去彈性如更年期後
凹陷的臉頰
而我們每個動作都必然
引發斷層地震

我們
還可能繼續（製造）
愛嘛

圍捕（為蛇請命）

他們指控我吃了
我的孩子
長吐舌頭圓瞠雙眼咧嘴
尖叫著狂奔著
一群人愈聚愈攏
我早就料到這樣的
結局
他們要圍捕我

事情只錯在五月
五月濕冷的雨雨後的陽光
事情錯在陽光
陽光滲進我的密室滲進一些

誘發食欲的氣味
事情錯在那氣味
我尋著氣味穿過蔓生的
羊齒蕨鳳仙馬尾草

然後，三呎外就是那甜美
氣味的來源
事情錯在我太興奮
事情錯在我沒有警覺
誤入了
別人的玫瑰花園
我逐漸移向我的目標
然後

忿怒的母貓揮爪尖叫然後
兩隻黑狗狂奔逼近然後
孩童們咧嘴哭號然後
手持武器的人群出現了

事情只錯在五月
錯在陽光錯在那氣味錯在
我太興奮沒有警覺
錯在我饑餓

他們舉著火把追蹤到密室時
我正在
吞嚥我的孩子
我早就料到這樣的結局
是的，我十分饑餓
不，他們不是我的食物
這只是必要的措施
當戰爭開始

事情錯在五月
錯在陽光錯在那氣味錯在
我太興奮沒有警覺錯在
我饑餓

錯在我活著
卻必須在罅隙活著
錯在我的原罪
那溯自遙遠伊甸園的原罪

他們不是我的食物
我把他們藏在腹腔一如
懷孕
當戰爭開始
當逃亡開始
這是唯一的方法
我必須帶著他們我是他們
僅有的倚仗

他們指控我吃了
我的孩子
不停舞動沒有罪惡的棍棒
這是最後的方法

五點零七分二十三秒

05:07:23 a.m.
一列十輪聯結車
轟然輾過

清晨
蛋殼瓷的薄胎
（麻雀般）
碎了一地

交換

早餐桌上
我們交換姓名
交換一壺新沏咖啡
香濃的小道消息
交換剛出爐的牛角麵包
亮晃晃的笑臉

午餐桌上
我們交換姓名
交換一碗炸醬麵兩碟小菜
適量的恭維
交換蓮子羹或杏仁豆腐
漫不經心的善意

晚餐桌上
我們交換姓名
交換四冷盤四熱炒
葷素不拘的對話
交換紅酒白酒XO威士忌
徹底的渾噩

我們交換姓名
交換霓虹燈閃爍不定的眼神
交換柏油馬路扁平的情緒
交換
善於掩飾的
夜，不願再掩飾的疲倦

除了哀號

（一）

除了哀號
天地間
什麼也不剩了

我們的父母孩子靜靜仰臥
睜著眼
不再醒來
我們的牲欄房舍
我們的心
是一堆瓦礫碎了破了消失了
再也拼湊不齊

我們已找不到任何
角落
容納我們的明天

天地間
什麼也不剩了
除了哀號

（二）

那麼神呢

總有一個神聽到這樣的
哀號
總有一個神說
醒來，我的子民
總有一個神拾起瓦礫

還原一顆心
的形狀
總有一個神
允許一塊、一小塊焦土
讓我們種下明天

總也有那麼一個神
罷

（三）

天地間
什麼也不剩了
只除了雪
沒有山沒有樹沒有牛羊沒有
房舍沒有人

沒有路
不是沒有路，有
一條路
通往沒有

天地間
什麼也不剩了
只除了雪，而雪
也只是
沒有

——辛巳新春於北海道聞知印度古茶拉底省強震亡萬餘人而寫。

我們需要火

「……是故求解脫者。以身為爐，
以法為火……鎔鍊身中真如佛性」
——達摩《破相論》

我們需要火
實實在在的火
1200 度以上的火溫暖我們
我們需要火
堅固的火不出聲的火
傾聽我們的軀殼

是的，我們的軀殼
曾經僵硬瘖啞
不可觸的基因滲著泥砂與污水

需要火
創造肯定確認完成我們
最後的窯變

像一列陶俑我們
需要火
我們內燃的
瞬息萬貌如火的慾念
正在焚化

我們需要火
輝煌的火
慘烈的火不留餘地的火
換取我們最原始的
有

——懷民「在 Gianyar 看七十八人的大火葬」。

旅

你放下行李
暫時不想打開
又一張陌生的床
陽光背對你
你坐下，讀電話簿
陌生的姓名森然不應

你扭開電視，陌生的
臉孔閃爍、變形、中斷
你想出去，開門
陌生的街道
你發現你的言語完全錯誤
你忽然覺得餓，餐廳

已經打烊
你回房
陌生的壁虎瞪著你
你退進浴室
刷洗一具陌生的肢體
你翻開行李

陌生的衣物排列整齊
你躺平，抓住枕頭
明天又要出發，另一張
陌生的床
在等
你

——Edward Hopper（1882-1967），美國寫實畫家。

集集震後

（一）讀報

有些字
我們不願寫不願用不願想
有些詞
我們寧可規避

罹難者　劇變　塌陷
殘垣斷壁　傷　活埋
剝落　裂　屍塊　崩潰
未亡人　浩劫　悲
慘　滿目瘡痍

（啊我們的字典一如
　我們
　已經破碎）

有些字
我們必須寫必須用必須想
有些詞
我們最好熟記
　比方說　無常
　比方說　死

（二）了

山倒了
　橋倒了
　　廟宇倒了

學堂倒了
樹倒了
家倒了

人倒了
人倒了
人倒了
倒了
倒
了

了
了

（三）颱風夜

三天後有誰還記得

今晚的風雨
我們只需要栓緊門戶
麻雀撲打屋脊
流浪犬奔竄街衢
路燈擰出濕漉漉的情緒
其他，也沒什麼難處

也沒什麼新消息
無非是一些末世的
風言風語
你也聽說了
那些，我們只需要摸清楚
死亡以及所有有關
他的好惡，其餘

也就不難應付
三天後還有誰記得今晚的
風雨

杜鵑花連根拔起
牆磚潰落一地
燈隨時會熄
燈隨時會熄

——丹恩颱風夜襲答友人電。

心

看著，我已經一刀剜出
我的心
盛放在銀晃晃的皿中
仍然跳動不止

我端著它，這血淋淋的
愛，雙手奉上

你究竟在乎嗎？
若是，就盡速移植它
在你心裡存活
要不，就任它衰竭

也不過一枚瞬息逾期的
器官

圓圈

你的夢每晚
等著你，你在夢裡
等待自己

……

你站在岩石上
張望，不遠
一隻貓撩起腳邊的雲
搓啊揉啊
岩石有些鬆動

……

草原順下弦月角度
微彎
男人與女人靜坐
你不記得他們是誰
這只是一個夢

⋯⋯

一尾蜥蜴
變色，變色
爬上翠綠竹枝
消失——飄下的是蜥蜴嗎？
或是一枚落葉

⋯⋯

說是要照相
快門按下一切已經
空白
你往前疾走

你要走得比夢更快

……

數十隻灰鴿
穿過凝乳狀的窗玻璃
喊海浪來了海浪
來了
這是夢嗎

……

夜打著圈
轉
夜是陀螺
一些刺，或者燈光
試圖刺破你

……

雙臂浮現一對
對稱的
渾圓斑點
這是胎記你知道
鱗翅昆蟲的

……

你踏上一艘船
（或一枚落葉？）
船身起伏
你稍稍遲疑，要去
嗎？

……

夜停擺了，你想不選擇
夢繞著你
一圈又一圈　轉

如聖誕花開的流浪犬

他蜷曲
在聖誕紅般華麗的血泊中
像某個孩子遺忘
在遊樂場的玩具熊
乖巧的接受任何一種命運
半闔的眼不再等待
微咧的嘴沒有要求
（不會有禮物
　不會有禮物了）

一切對他都陌生
在遊樂場般的巷弄
在聖誕紅盛放的血泊中

他是被製造又被扔棄的玩具熊
不再等待沒有要求
只乖巧的
接受不管哪一種命運
（不會有禮物
　不會有禮物了）

一切都陌生。你目擊
如聖誕花開的小小流浪犬
蜷曲著　死去
乍然想到
明天又是耶誕
不知道伯利恆是不是已經
下雪

失眠

平攤著
一塊疲軟的薑餅
清早還留著夜的
牙印兒

Hand-made in Macedonia（馬其頓手工製造）

那雙涼鞋
綢緞與燈芯草的鞋面
編織著厚實的結
馬其頓你知道，是馬其頓的產品
看那手工多細
紅髮店員的嗓音甜膩
那樣一個地方
真難為他們
這麼精緻的編法，是藝術品啊
而且今天廉價特賣

馬……其……頓，噢
我從沒聽過馬……其……頓

的鞋
馬其頓，在歐洲嗎
東方少婦生澀的唸著 MA-CE-DO-NIA
手指來回摸索鞋面
沈默的結
你有其他更出色的貨嗎

我拾起動亂中依然優雅的馬其頓
鞋，手工製造——
馬其頓還製造些什麼呢
二千六百年蔓藤糾錯的歷史
壯碩的戰士與莊稼漢
繡著花邊的亞麻布衫或是
滲了泥香的酒甕
馬其頓的歌者舞者與詩人呢

而這是多麼委宛曲折
幻幽幽的一葉

扁舟
是雙怎樣耽美的手
在烽火與枕邊的鐖饉中
編結著綿密的夢

想試穿一下嗎，女士
馬其頓你知道，是馬其頓的產品
看那手工多細
紅髮店員重複同樣的話
那樣一個地方
真難為他們
這麼精緻的編法，是藝術品啊
而且今天廉價特賣

噢馬其頓馬其頓
今天廉價的何只是馬其頓
的鞋
還有塞爾維亞科索沃阿爾巴尼亞

數不盡的無價的
廉價的生命

走出小店，我提著鞋提著馬其頓
悠悠蕩蕩的過去
所有不知名的織夢者
所有村夫與戰士
舞者歌者與詩人恍恍的過去
想到已見擁擠的鞋櫃
不覺心情有些
沉重

我們曾經如此

我曾經如此
像驕狂的鬥牛士拋出
血紅的氈巾
你在尺外逼視我
你
受傷迷惘而激昂
你不退縮

揮舞雙臂我用
那方血紅的氈巾掩蓋我
顫抖的意志
我是初上陣的新手
你的目光緊緊觸擊我的

不安
下一步該是什麼姿勢

衝過來
你衝過來了
我高舉長劍預備瞄準
正面刺下
眉中直達心窩
你受傷
迷惘而傾倒

如果這是愛情
你說讓我用最堅銳的犄角
戳動你
馬蹄聲四方雜沓
血紅的氈巾掩蓋我
血紅的你掩蓋我
我迷惘受傷

嬰兒餅乾（Mr. Christie's Arrowroot - Goodness since Forever)

女孩們走近時
你正細讀一盒嬰兒
餅乾：低糖低脂無人工
色素香料無膽固醇未添加
防腐劑
你們相信嗎一個女孩揮動手機
剛才大衛來電說我們
結束了他是
什麼意思昨晚
我們還在車上聊天親
嘴吃炸雞他腦震盪了嗎我是說
耶穌基督我以為
你往下讀餅乾：未添加

防腐劑
易消化適合初嚐
固體食物之嬰兒及幼童
但為安全理由
食用時你們相信嗎我以為這次
是真的
他多甜多像個
天使你們說這是不是太
過分了他到底
想做什麼
你繼續讀餅乾：食用時父母
務必監督如對產品有
疑慮請電 1-800- 你們說我該怎麼
辦我真想殺了
你說女兒女兒且慢
愛情原該是天使般的嬰兒
餅乾，不含有害物質
但為安全理由

食用時務必細讀
成分內容，如有任何疑慮
請電 1-800-
PARENTS

販賣一顆小小的腎

把天空
販賣給建築商
海洋與河川販賣給清潔大隊
稻田草原販賣給販賣場

把鴿子、狗與相思樹
（不要聯想到和平忠貞
　或愛情）
販賣給山產店
把我們不產乳的乳房
販賣給寫真集
我們缺氧的大腦
販賣給股市

肺與聲帶販賣給 KTV

把我們的今天
（啊我們有永遠
　永遠用不完的今天）
販賣給可能跳票的
明天

那麼
販賣一顆小小的腎
一顆小小的腎為什麼不能
販賣

——報載新竹男子兜售腎臟以還股債，為記。

預演　1/1/2000

他知道那天清早會發生什麼事
（大家已經在議論紛紛）
那天清早照例
他會帶著麵包鑰匙車票雨傘和報紙
走出公寓走出巷子
走進車站走進巴士
照例向司機先生請安
照例閉目調息一路睡到底站
照例向司機先生鞠躬致意
最後一個下車
照例右轉四十度前行七十步
照例穿過一排樟木一排欒樹
一窪黃菊一窪鳳仙

照例坐在面對荷塘的石椅吃早點
照例一頁一頁讀早報
那天清早
（大家仍然在議論紛紛）
照例天會亮狗會叫公園裡
照例有人打拳有人跳舞有人跑步
他年逾八十的心照例
長滿老人斑

他知道那天清早會發生什麼事
（大家仍然在議論紛紛）
就像他的前天昨天
今天明天和後天
照例
他知道那天清早不會發生什麼事
（大家還是在議論紛紛）

旱

卵石佔據了河床喊水給我們水
太陽遙指半哩外的海無言以對

絹絲瀑布

我們尋聲
找到一落

人人人人人人人人人人
人人人人人人人人人人

病號

他們每天在那兒
並排
坐著
左右位置極少變動
並排坐著
一式侷促的臉
低色調的衣服
一式執拗又期待的姿勢
一式的病

眼睛耳朵鼻子的病
膝蓋的病膀胱的病心臟的病
噢，是的是的心臟的病

講也講不明白
就那麼揪著擰著懸吊著翻攪著
慌啊這顆心

到底是什麼
理由真的說不清楚
老伴年前去了
孩子一個東一個西
朋友麼像銀行裡的存款
一天少一天
那個家，現在
只剩下老狗小黑願意呆著
這心，你說能往哪兒
擱

還是甭提了吧
醫生不是明白說過
國事家事都不是

他的事，他只管咱們的
病，一天三百個病號
你說你到底哪裡不舒服
你看，他看不出
咱們的病

他們每天在那兒
並排
坐著
左右位置極少變動
走了兩個
添上三個
不聲張、像日子一樣
隱隱的秩序

一式衰舊的衣服
一式恍惚又熟練的姿勢
他們每天

花該怎麼開
（開花的N種方式）

花該怎麼開
橫著開豎著開蹲著開站著開正著開反著開睡著開醒著開
如火如荼的開似膠似漆的開捕風捉影的開六親不認的開
捨我其誰的開長袖善舞的開神出鬼沒的開千金一擲的開
大張旗鼓的開山窮水盡的開不可理喻的開口若懸河的開
一意孤行的開小題大作的開八面玲瓏的開刁鑽古怪的開
不安於室的開勾心鬥角的開天羅地網的開以身試法的開
左擁右抱的開玉石俱焚的開土崩瓦解的開目中無人的開
光怪陸離的開居心叵測的開州官放火的開百無禁忌的開
自吹自擂的開抑揚頓挫的開爭先恐後的開狂言綺語的開
金迷紙醉的開門庭若市的開信誓旦旦的開柔心弱骨的開
南腔北調的開急竹繁絲的開拋頭灑血的開披肝露膽的開

朝三暮四的開深入淺出的開焚膏繼晷的開無孔不入的開
現身說法的開童叟無欺的開荒誕不經的開虛張聲勢的開
昭然若揭的開超凡入聖的開迫不及待的開越俎代庖的開
間不容髮的開集腋成裘的開亂頭粗服的開傾巢而出的開
勢如破竹的開脫胎換骨的開暗潮洶湧的開煙視媚行的開
東施效顰的開披星戴月的開赤手空拳的開強詞奪理的開
撲朔迷離的開近水樓臺的開巧取豪奪的開坐懷不亂的開
字斟句酌的開十面埋伏的開沆瀣一氣的開倚門倚閭的開
守株待兔的開如魚得水的開一呼百諾的開曲高和寡的開
毛遂自薦的開喜新厭舊的開後發先至的開杯弓蛇影的開
孟母三遷的開急如星火的開諱莫如深的開不知輕重的開
眾醉獨醒的開狡兔三窟的開置身事外的開信口雌黃的開
無法無天的開鵲巢鳩占的開老神在在的開夜郎自大的開
琵琶別抱的開隨機應變的開睢睢盱盱的開唇槍舌劍的開
裡應外合的開詭計多端的開莫衷一是的開電光石火的開
對酒當歌的開搔首弄姿的開輕描淡寫的開飽經世故的開
摧枯拉朽的開既往不咎的開纏綿悱惻的開標新立異的開
滾瓜爛熟的開慢條斯理的開奮不顧身的開道聽塗說的開

癡人說夢的開鶴立雞群的開瞞天過海的開相見恨晚的開
燈蛾撲火的開遊戲人間的開餐風宿露的開環肥燕瘦的開
顧盼生姿的開拐彎抹角的開寵辱不驚的開藕斷絲連的開
樂不思蜀的開隱名埋姓的開盪氣迴腸的開驚心動魄的開
明著開暗著開哼著開唱著開叫著開不到黃河心不死的開
花就該這麼開

——致振宇老師。無住生花。

我把你輸入磁片

我把你輸入磁片
你的名字、地址、星座特徵
你的習性和喜惡

輸入、歸檔、儲存、複製
我必須如此
一步不錯
字型、網底、框線、段落

我想要如此
以後不必重新剪貼、修訂追蹤
不必取代或註解

現在幾點？？

他剛睡醒剛剛剛眼睛睜開
他想起今天上午是的今天上午
他有一個重要的牙醫約會在九點
他有兩隻錶三個鐘宣告五個不同的時間
他感覺似乎在巴黎巴黎星狀街口迷路
他不知道現在的時間正確的時間現在

（現在幾點？？）

他匆匆上車方向盤邊跳出第六個不同時間
他扭開收音機正在報導紐約東京股市的溫度
他在哪裡他在他在溫哥華現在
他特意繞過舊城那座古鐘當然有第七個時間
他不知道現在正確的時間太陽沒有露面
他甚至不確定現在是上午是下午是現在

（現在幾點？？）

他撥通牙醫診所電話答錄機請他留言
他說全世界的動物全都消失了大概
他把車泊在鐵柵牢鎖的鐘錶店前
他窺見第八第九第十個不同的時間
他不懂街上為什麼沒有趕著上班的綿羊
他掐指算算沒錯今天應該是星期五應該是

（現在幾點？！）

他終於在地下道口攔下一個中年大漢
他用標準英語請問您幾點現在
他張大嘴揮舞他爬滿圖騰的臂膀狂喊
他不需要手錶時間沒啥用處
他是最古老最有智慧的印地安酋長
他無業他無家可歸他沒有時間沒有現在

（現在幾點！！）

他也沒有時間正確的時間現在
他有兩隻錶三個鐘指向九十九個不同的方向
他有車有房子有兩條狗還有一堆工作待辦

他牙疼他和牙醫有約但他沒有時間
他不確定今天是星期五是星期六是今天
他不確定現在是上午是下午是什麼時間現在
（現在幾點！！）

——給玉琪。

搬家

都舊了，這床
至少睡了二十三年
茶几沙發差不多歲數
電視冰箱晚個兩年
至於鋼琴哪
算算孩子的年紀，大概
也有十七八了
就這麼全扔了嘛
你得給個主意

說來又有什麼不舊呢
我也舊了，你

也舊了
我們是不是也趁早
核計核計
往後，什麼該丟什麼要
留什麼
噯，留得住

這些全是後話，這會兒
我們先得說定
再怎麼舊
你也不丟我，我也
嗯，好好留著你

——千禧三月。給長壽。

重疊

影子重疊影子重疊影子只是一個影子
回聲重疊回聲重疊回聲只是一個回聲
日月重疊日月重疊日月只是一個日月

你重疊你重疊你重疊你只是一個重疊
一個
重疊
的你

寄居蟹的留言

失眠的夜晚
他說
我就到沙灘，摟著海
的溫柔
的狂野
的寂寞
睡

……

不飛
靜坐時
野雁把身子極簡成

完美的
橢圓體
類似地球
……
不屬於我
不屬於任何人的無人的沙灘今天早晨
擁有我
……
寄居蟹的留言：
小隱隱於石
大隱
隱於沙
……

因為月亮的緣故
許多海星在昨晚殞落

⋯⋯

他走了
留下四散的破毛毯椅墊鞋報紙
空酒瓶可樂罐保麗龍盒
菸蒂菸蒂菸蒂
以及海鷗
以及風
以及
剩餘的日子

⋯⋯

天與地之外

還有海
虛與實之間還有
夢

……

我又來了他說，至少
鴉們偶爾還跟我說上三兩句
話
就剩我一個了

……

礁石的經驗是
……必須等潮水退了，才能
曝曬
濕透的靈感

……

如是
雲海山樹岩石船蚌殼蜘蛛狗烏鴉
各自在
各自的
禪境

……

來來回回走過多少遍這長長的走也走不盡的沙灘
我心靈的沙灘

……

行李都收拾好了嗎
雁們？
我的，還沒哪

我們是這樣一對母女

我們是這樣一對母女
妳記性日減
我眼力漸差

妳忙著煮一鍋又一鍋
思鄉的菜而我
不停寫一行接一行無根的詩

我吃不厭
妳菜裡的酸甜
妳也喜歡我詩裡的清寡

妳的鍋裡燉著我的詩

我愈來愈酷似
妳，及妳的家鄉
而妳，請別讓我改變妳
菜色裡
繁美的回味

——給母親。

你只有二十秒（Live/Call-in）

你只有二十秒

（而你不知道熱線撥幾號
而你怎麼叩就是叩不應
而你的電話一直短路有雜音
而你搞不清到底得跟誰說）

你只有二十秒

（而你心裡的話就是說不出
而你覺得說了沒用不說也算了
而你辭不達意舌頭總打結
而你這輩子從沒用過計秒鐘）

你只有二十秒
（而兩個孩子等著你餵奶
而三十份帳單明天就到期
而飛機馬上要起飛
而你的尾椎急需做復健）

你只有二十秒
（而你有幾噸話要說
而你多希望有人能聽懂
而你終於七零八落說完你是誰
而你發現二十秒鐘時間到）

你只有二十秒

活著之必要

活著之必要自由之必要無所事事之必要散步之必要發呆白日夢之必要
不電話不電視之必要讀書之必要停看聽之必要喝茶之必要相思樹鳥聲之必要

靜觀之必要海之必要梧桐更兼細雨之必要陰影之必要風花雪月之必要
巴哈之必要一點點任性之必要無可無不可之必要寫詩之必要玻璃天窗之必要

空間之必要空之必要時間之必要專一之必要莫蘭迪德庫寧之必要
善變之必要懷疑之必要輕之必要極簡之必要乾淨之必要透視之必要慢之必要

淡之必要美之必要寫詩之必要接納蜘蛛四腳蛇之必要冰之必要火之必要
感覺飢餓之必要兩星期不出門之必要頭髮剪短之必要泡湯之必要發問之必要

走鋼索之必要一點點脆弱之必要柔軟之必要質之必要獨來獨往之必要

天塌下來有人頂之必要絕望之必要狂喜之必要夜之必要石頭之必要色之必要
敏銳之必要知道自己很渺小之必要一點點失落感之必要不寫詩之必要
生離死別之必要不知流年暗中偷換之必要中年之必要流浪之必要無心之必要
等一朵花開之必要記性之必要忘性之必要邏輯之必要非邏輯之必要
聽自己心跳之必要放下之必要迷路之必要精疲力竭之必要與死神對望之必要
不完美之必要通讀心經之必要得流浪狗信任之必要一點點神經質之必要
一點點孤癖之必要有情還似無情之必要寫詩之必要距離之必要不解釋之必要
養活一窪薄荷之必要我的家庭真甜蜜之必要不制服不打卡之必要
不燕窩不魚翅之必要沒有主義之必要坐在後院看月亮之必要雲門表坊之必要
紐約巴黎之必要一個人咀嚼負十度冷天滋味之必要不柴米油鹽之必要
走十里路找杯咖啡之必要默寫一百首唐詩之必要細膩之必要衣服寬鬆之必要
花徑不曾緣客掃之必要無心之必要不寫詩之必要孔子莊子老子之必要

很難在台北

很難養狗
種櫻花
捏陶賞月或日光浴

很難婉拒街坊
喊殺叫賣或垃圾車免費演唱
很難閃躲煎魚及

第四台腥氣
很難安撫霓虹燈下受驚的鳥
很難不嚐鐵窗滋味

不碰壁

很難清理或
拯救一箱子舊事如一窩螞蟻
很難收養一隻忽然的蝶
很難
栽種一棵夢

——聞亞君在家居頂樓種櫻花不發而寫。

音樂結束了

音樂結束了
演出者走了
舞台的燈暗了
昨天過去了

（倒帶倒帶怎麼沒人倒帶）

昨天來回不輟
舞台的燈火沸騰
演出者朗朗吟誦
音樂反覆彈奏

我們在錄影帶裡獲得永生

如果月亮剛好經過

又一次坍方
夜垂直墜下，並且
擊中你左心室
你匍行過夜的下腹
腳底黏著濃稠不知名的
騷動

（如果月亮剛好經過
如果月亮看到
如果月亮忍不住擔憂）

四野無人
你卡在夜的胸肋

你沒有聲音
夜
肥厚長繭的手
鑄住你

（如果月亮溜下眠床
如果月亮繫好鞋面的絲帶
如果月亮挽起長髮）

起風了
所有的樹開始狂奔
踩著你的鼻梁，你的下頦
老城牆般陰鷙的夜此刻
蹲踞在
離慈悲最遠的方位

（如果月亮換上衣裳
如果月亮記得帶鑰匙

如果月亮撥開草叢與燐火）

踉蹌移步，夜
多茸毛的腿橫亙在
你與明天之間
嗜血動物包圍你嘲弄你
夜有許多伴侶
夜厭惡孤獨

（如果月亮走來，喚你的乳名
如果月亮撫摸你額頭
如果月亮餵你一杓桂花酒）

一些氣味被驚醒
腐土、山茱萸或麝香
夜不放你走
夜是黑洞，宇宙也是
你在失明邊緣

你逐漸冷縮
（如果月亮哼著巴哈奏鳴曲
　如果月亮允許你共浴
　如果月亮一直一直凝視你）

你用最後一度體溫
刺向夜，你沒有選擇
沒有人可以阻攔
死亡或者逃亡
這是又一次坍方，四野無人
夜　垂直墜下

（如果月亮輕嘆一口氣，笑了
　如果月亮彎下身子吻你
　如果月亮剛好，剛好經過）

卷末　所有的山

A PASSWORD

當月光蠟一般
融化時
你還醒著，感覺
夜逐刻冷卻

……

你假設夜是簷下那只
錫桶
薄、冷、沉默
而雨滴，你的凝體

……

那曖昧的邀約寫在
水面，一行狂草
來吧我等你
我是你忠實的守靈人

……

A password，他說
你只要正確說出你的名字
但你不知道，你忘了
你
正確的
名字
你過不去了

……

是的，鰓
就是用這樣的呼吸器官
我潛行
在你之內

……

你拒絕想像他是某種
織物
圍裹你一層又一層
結實、厚、重
密不透氣
你拒絕觸摸他

……

有時你感覺他
是那株活了六千年的榕樹

落地生根無性繁殖
你是複眼瓢蟲
迷航在他古老的鬚間

……

他刻意輕忽你
你只是零零碎碎的夢
而他，是
夜，他是夜

……

通往哪裡呢
這夜
如果這麼直直探下去到底
有沒有底

……

你感覺失落
什麼都被隔離了
聲音影像甚至
氣味，只
一隻壁虎試著接近你

……

如此你噤聲了
你沒有忘記你只是夢
有人問
你真的來過嗎

……

或許原本就是這樣

沒有隔離
沒有被隔離
沒有失落，沒有
……

你便醒著，思索
用一根細長的低音弦
從井深
汲半桶
睡意

我知道你在湖邊

我知道你在湖邊，一種
靜態中
陽光灑下，夾著雨
一絲，一絲
時間瞬息填滿整個湖
而湖是曖昧的
中間色，中間地帶
看不出表情
時間沒有表情
沒有任何一艘船，一隻雁
一朵薑花知道湖的深處
或者負荷
我不知道是你在尋找湖

或者湖尋找你
（或者，尋找時間）
進入湖面，你的臉浸入
時間
灰綠的潮濕中，湖水
一秒，一秒
慢慢填滿整個
你

插枝

你不必說什麼
你已經沒有聲音
你已經被切斷
被移植到另一個你不認識的
地方
重新開始，不管你
想不想

你不必回答，沒有人徵詢
該安排的已經安排
土壤、水、陽光
你還需要什麼

一點求生的意念
求什麼生，你忍不住問如果
你竟不能阻止蚜蟲
或花剪——
那雙老得生鏽
不悲憫的手再三探向你
你竟不能祈禱

沒有神
你不必問什麼
你已經沒有記憶
明天，最晚後天你又會開花

明天，最晚後天
你又是祭台上最美麗的
死亡

行草

在地平線上
弩張低偃絞轉頓挫
一介肉身
如草，飽蘸時間之墨
委婉曲折的醒
狂宕恣意的夢

是草就該隨風猗狔嗎
也可以險險臨立
風在掌心，不動
或者波磔從容
落筆飛處只是一枝草的
性情

乃至於永字
八法，八萬四千
唯是一
法，那留白
那未及寫出的
就空著，彷彿洪荒

那洪荒卻是草的原鄉
在化身泥濘之前
肉身
如草
如離離行草，更行
更遠　還生

——記雲門二〇〇一歲末舞作。

滅相

這是一件龐大的工作
整整二十日他們
用鋤尖挖鑿佛身
填塞巨量的引爆物
他們必須確定引爆後
我佛腦漿迸裂
四肢胸腹盡成齏粉
整整二十夜他們禱告祭祀
他們必須確定
不朽　必朽

而果然硝煙散去
一切俱毀

附近的居民繼續農務
兩隻白鴿落腳佛座
一切已空
一切如常
……故菩薩心猶如虛空
一切俱捨……
佛在碎石佛在斷瓦
這是一件龐大的工作

——2001/3/19，阿富汗神學士政權炸毀巴米安省兩尊三世紀巨佛石雕。其中一尊人稱「不朽」。

「……故菩薩心」一句語出黃檗《傳心法要》。

山與樹

樹把八萬四千瓣葉
拋向山
山把八萬四千個月
還給樹

燭

我必定是醉了
不想再追究任何
一顆星的方位或定義
不想再探索
生命或愛情或任何
一種酒的正確成分

我只任憑你
捏著揉著摸索雕塑著
焚燒著
我細碎的悲喜與執迷
你，細碎的
狂想與壓抑

我必定是醉了
不想再思辯任何創造
或被創造的神
（或者
印度與拉丁舞的步法）
雨落下時
我們匆匆收拾妥當
回到燭火不宜的世紀

——給任祥。

沙漏

（一）

輕而重，微而巨
一個空間透明而封閉
一個行為模式純真而狡黠
一個昭告沉默而喧譁
一個威脅溫柔而頑強
漏　漏　漏

（二）

每顆沙都藏著一個

老靈魂，來自
長江恆河或大戈壁
老靈魂們以飽含隱喻的耳語
傳述他們的故事
關於流失

（三）

老靈魂們擅用象徵手法
暗示
如果一小時重十公克
十公克輪替再生，那麼
永恆不過一撮
沙的分量

（四）

一撮沙的微與巨輕與重
一撮沙的透明與封閉純真與狡黠
一撮沙的沉默與喧譁溫柔與頑強
一撮沙的流失與替生
一撮沙的
動，與不動

舞鞋

——給橋橋

我忘了問
你也沒提那雙鞋
最初的色彩
只說還在
抽屜，角落，春蠶般臥著
你說一切都錯了

錯過了
遲到的鞋，早來的病
後來你是一株不善飛的
飛燕草，纏綿
如絲

而鞋太重，太重

你說後來那全新的舞鞋
慢慢褪色
我忘了問，只是猜測
沒有褪色的
是不是春蠶，春蠶
最初的夢

散步

這其實無關選擇
靠近海或
靠近你
這只是兩條
不同的路

你有理由往左
（海風太大
　並且，刺腳的砂礫
　讓你不適）
我想往右
（人行道上鋪滿了
人

並且，砂礫不說話）

這其實無傷
選擇海或
選擇你
這只是兩條分岔的
路

我們總會相遇，在時空
盡頭
（我是說
在路的盡頭）
而其實
這無關選擇

玫瑰

慣常仰著臉
粉白、飽滿而倔強
只說不曾經過霜害或
咒詛

而現在低垂頭
第一次，啊
第一次面對夜、濃霧
絕望與枯萎

妳感覺夜弓著背走來
像一隻出獵的貓
鎖定妳的咽喉

妳低垂
攫住夜的手，暈眩中
彷彿聽見夜啞然
埋怨
別捏痛我，玫瑰

你追逐一個聲音

你追逐一個
內在的
聲音
像追一頂被風摘走的軟帽

你繞著風不斷
撲空，風在你腦後狂笑
你的聲音緊抓住
一株苦楝的無名指

你望向風
森冷的犬齒，軟帽在齒縫
呻吟

你的聲音逐漸虛弱

風睨著眼
你的聲音跌進路邊的陰溝
風不置一詞
死寂是你最後的追逐

靜默，一根懸絲

一根懸絲
靜默的一端是你
另一端，也是

⋯⋯

風花雪月盡是
靜默
你何曾見過一朵
喧嚷的雲

⋯⋯

靜默，透明的
無形無色無味無觸無邊無重
無量

……

一種釋劑
滲入，且消解你
與你的隔閡
像薄光中的荷塘，水氣氤氳
不分明而
分明

……

沒有人聽見什麼
山也靜默，水也靜默
沒有人說什麼

你何曾見過一片
喧嚷的落葉

……

一微塵一寰宇
一呼吸一死生
一轉念一輪迴
啊是不是我已然行過百億
曠劫
在一炷香的靜默

……

靜默
以巨大堅韌的臂支撐你，與
你的夢
你何曾見過一隻

喧嚷的蟬

……

一個靜默的你
觀看
一個靜默的你
時空俱泯
你與你
遇合在靜默之鏡，之境

……

風花雪月盡是
靜默
你何曾見過一個
喧嚷的　你

你期待雪

你期待雪
覆蓋
失色的花臺
剝落殆盡的枝椏
你期待雪
覆蓋單薄的青石碑
經秋未掃的小徑

你期待雪覆蓋
打了補釘的傷口
戰神的吻痕與嘲諷
你期待雪
覆蓋你的，與我的

兩頰的幽怨
你期待雪覆蓋痛
噩夢

死亡，記憶甚至因果
你期待雪
覆蓋
剝落殆盡的枝椏
經秋未掃的小徑

——深秋經柏林圍牆遇雪。

秋蟬

手上握著
不是圓鍬或鋤
或鈀
是把細削的鏟子

整個下午
他忙著輕聲的刮
細細梳理
秋
那畝剛收割的
薄田

決定

你決定把燈熄了
野林裡兩聲犬吠，低明度
襯得夜
更夜，寂靜更寂靜
你眼睛伸入三百六十方外
經常路過的那片黑

你是拾荒者，白日
撿拾路邊的風吹
草動
撿拾別人的，與自己的
情緒、符咒、記憶
天暗時，你躲在牆角

清點竹篾裡
乾燥或發酵的收穫

但是今晚你決定只留
一盞月，替你孵化
你幾近死產的
那窩夢
你決定撿拾那片黑你決定
把燈　熄滅

海以沉默愛你

海以沉默誘引你
靠近，更靠近
你從沒到過這地方
一個荒塚，牡蠣的荒塚
你停步回頭
不，你不是害怕，這是你的地方
回頭，你的腳印已經
溺在水裡

只有牡蠣發出嘆息
你往前，海牽著你的手
海以沉默同化你
你看見你的膝蓋逐漸變藍

你的指甲逐漸變藍
或許只是夜盲，或許是牡蠣的
錯覺，你不太能確定
你一步步往前

海以沉默佔有你
現在你確定你的鎖骨逐漸變藍
你的髮根逐漸
變藍
牡蠣不再嘆息
現在你的視網膜逐漸
你的血液逐漸
變藍，海以沉默繼續愛你

第四維度（繭）

（第一度）

那時我是一個密閉的點
時間在我之內
伸出細瘦的觸鬚

（第二度）

他說擴散擴散啊擴散
我便蠶吐一條條單薄的線
我不禁恍惚

（第三度）

會不會這是一個誤解
我的景觀逐漸定形逐漸
僵硬逐漸支離

（第四度）

我不禁思索我密閉的點
時間在我之內
那時，我在第四維度

夜讀清照

她俯身
拈起一葉梧桐及
葉上殘留的，昨夜的
無言

至於那未及撿拾的
菊的憂愁
（堆積了這麼一地）
也就任它去了

九月

沒有薔薇沒有牡丹的
九月，我們
怎麼妝點偌大的庭院
當然菊還豐滿楓也愈見
鮮麗
我們需要想像西風嗎

我們需要想像
失去了蟬嘶、紅葉與知更鳥
裸露著，或
披著殘雪的枝椏嗎

九月，我們的沙灘上

野雁走了
孩子也散了
海水沖刷著記憶
數一數我們還剩下什麼

空餐盒、落單的鞋子
耗光電池的收音機
癟氣的救生圈，我們應該
還剩下些什麼吧
九月
是餘溫猶存的午后

而九月無語
夜色暗暗欺近
我們縱身向夜向夜的未知
且悠然升起
如沉靜的九月
當麝香淡了月淡了

聽

（一）

只要一剎那
傾聽
海的呼吸，海藻的呼吸
沙的呼吸
（均勻的……均勻的……）

魚，貝類，爬蟲的呼吸
泡沫的呼吸
風的呼吸，白楊的呼吸
半眠的雁的呼吸
岩石的呼吸

（均勻的……均勻的……）

只要一剎那
傾聽
海的呼吸，默契
你的呼吸
（均勻的……均勻的……）

（二）

讓風
讓海
讓月光說話
讓雲
讓岩石說話

讓樹

讓蜘蛛
讓雪說話
讓記憶說話
讓死亡說話

讓沉默
說話

句點

什麼都沒發生，或者
都結束了
有人卻不信
像一口井，朝天的盤底
待孵化的卵
無聲吶喊著回來，回來

真的結束了
有人卻說是誤植的
標點，也罷
魔術師的袋子再也變不出
另一朵玫瑰
或愛情，或詩

掏空的音符說完該說的
話，走了
（有人卻不信）
在大理石般的沉默裡
已經結束的，或者
真的沒有發生

融

雪正融化
不復為雪
面目漸模糊，不清
漸失

……

你知道雪在哪兒嗎

……

伸出手，接住
（能接住的）冷

與融化（不能接住的）

……

雪在手心嗎
雪不在手雪不在心
雪不在　雪

……

雪
又一次夢見飛翔
而夢是沉重的
雪也沉重

……

冬倦了

你嗅出時間
正融化：雪正融化
雪有恐懼嗎

……

雪凝視你
而茫然
雪是天人，已衰
不復為雪

……

雪的耳朵貼近
泥濘，雪正聆聽自己
的崩解

……

雪不異空，雪
即是空
你找不到雪的臉

……

雪正融化
雪有欲望嗎
在融化前，那一剎
雪用舌尖舔舐你

……

再冷一點
再冷一點

……

你知道雪在哪兒嗎

後視／鏡中的你

我以時速千里的決絕
駛離
兩肩的山茱萸魂飛魄散
你沒有移步
凝定在我後視鏡

你說這是永別
山茱萸花開如焚，後視
鏡裡我看不見自己
而你逐刻淡出
我的昨日　逐刻
　　　　　淡出

後視鏡裡只餘夜色
我以時速千里的孤獨前行
也是夜色
眼角有
你，未乾的哀傷

我說這不是永別
你不要移步
我以時速千里的神往駛向
後視
鏡中的你，昨日
我們如實相遇

押花藝術

在時空夾層
酣臥

醒來
我仍是我
我　不是我

在對望的剎那

在對望的剎那一切
靜止

花與蝶消失
光與雲影消失
我消失
我知道你是黑洞

你咀嚼我的時間
咀嚼空隙
你不允許顧盼不允許
違逆

不允許我拒絕
（但你說你是善意的）
我知道，在對望的剎那
一切靜止
只有你
與我

沒有你
與我

迷失於雪

迷失於雪彷彿迷失
於商隱
彷彿風雪不盡
風雪
即將拭去
記憶底層每一條幽徑

彷彿迷失於玄想
於獨白
於時空交疊之茫然
於商隱
隱晦而美麗

一條河淡淡流過

——給懷民窗前的河

有時說話
有時只是閒坐
一條河
淡淡流過
（說話的
　是你還是河水）

有時相看
有時只是獨酌
一條河
淡淡流過
（河水裡

是漁火還是星光）

有時清楚
有時只是迷惑
一條河
淡淡流過
（星光照著
昨夜還是明天）

有時心動
有時只是寂寞
一條河
淡淡流過
（明天的河水
記得你還是我）

或者

或者什麼也不做
八方寂寂
雪猶未醒

是不是你也這麼
坐著
恍惚就聽到
最後一片葉落

是不是你也這麼坐著
感覺
葉
落

或者什麼也不做
雪猶未醒
八方寂寂

所有的山

所有的山都是
觀音山
所有的水
淡水

我來，山水依我
我去
山水隨我

——致谷芳老師。

風　非風

他是
……
你的每一心念他都聽到
他是傾聽者
……
在宇宙與黑洞間獨行
沒有歷史
沒有年歲
沒有影子

……

他說走吧
我帶你去一個地方名叫
現在

……

無需曲譜無需演奏者
指向處
樂音
（或者死寂）
昇起

……

易

一個定理，易
他說

……

你顫抖如芥子
憶及那杳杳的亙古的孤魂
他是
洪荒中的孤魂

……

孤魂非孤魂，他說
是無生
無滅的你

……

吹老滿樹薔薇
吹散蛺蝶酣舞
吹亂鄰寺的梵煙
吹碎一池荷影
吹皺媽媽的嫁衫
吹斷詩人的聲聲慢

……

但你終於放棄敘述心念或
敘述他
未曾敘述的未曾存在
風非風念非念
你非你，所以

……

皈依他融入他化身他在當下

無名（書後）

但你並不懂蝴蝶。

成群的，捉對的，放單的蝴蝶在你院子出沒。你總是尾隨蝶後，檢視蝶們逗留的所在。是什麼招引蝶們現身？一些獨特氣味？是蒲公英或蒔蘿？

是顏色嗎？蝶們的世界必定加倍絢爛吧？是天竺葵或是那飽滿的繡球花惹得蝶們孩童般手舞足蹈？或是一種聲音？蚯蚓在暖被窩裡翻轉身子，快醒了？孔雀綠的川芎又沿牆爬高一寸？會是風嗎？在麻竹的亂髮間探觸，摸索？

當然，更可能是為了那些確鑿的，而你無從覺察的甜蜜：梔子、忍冬、三色堇、鳳仙、扶桑……，那些美麗的名字，美麗的滋味。啊，那些只有蝶們得識的美啊。

是不是為這總和的一切呢？色、聲、香、味、觸，一個因乘上另一個因，然後，蝶們就來了？也不盡然。蝶們最終仍是不可測的。然則，這知無可知的背面，又是什麼？

無明？？

你說勿寧是無名。蝶們……處無為之事，行不言之教……生而不有，為而不恃……。蝶們動靜自在，穿梭在詩人嗜飛的遐思。

陳育虹

4/27/2002

國家圖書館預行編目資料

河流進你深層靜脈／陳育虹著. ——二版. ——
臺北市；寶瓶文化事業股份有限公司, 2022.11
面； 公分, ——（island；009）

ISBN 978-986-406-326-0（平裝）
863.51　　111017477

Island 009

河流進你深層靜脈

作者／陳育虹

發行人／張寶琴
社長兼總編輯／朱亞君
副總編輯／張純玲
資深編輯／丁慧瑋　編輯／林婕伃
美術主編／林慧雯
校對／張純玲・劉素芬・陳育虹
營銷部主任／林歆婕　業務專員／林裕翔　企劃專員／李祉萱
財務／莊玉萍
出版者／寶瓶文化事業股份有限公司
地址／台北市110信義區基隆路一段180號8樓
電話／(02) 27494988　傳真／(02) 27495072
郵政劃撥／19446403　寶瓶文化事業股份有限公司
印刷廠／世和印製企業有限公司
總經銷／大和書報圖書股份有限公司　電話／(02) 89902588
地址／新北市新莊區五工五路2號　傳真／(02) 22997900
E-mail／aquarius@udngroup.com

法律顧問／理律法律事務所陳長文律師、蔣大中律師
如有破損或裝訂錯誤，請寄回本公司更換
著作完成日期／二〇〇二年四月
一版一刷日期／二〇〇二年六月二十四日
二版一刷⁻日期／二〇二二年十一月十日

ISBN／978-986-406-326-0
定價／三七〇元